VINDOBONA
VERLAG SEIT 1946

Bibliografische Information der Deutschen Nationalbibliothek:
Die Deutsche Nationalbibliothek verzeichnet diese Publikation in der Deutschen Nationalbibliografie.
Detaillierte bibliografische Daten sind im Internet über http://www.d-nb.de abrufbar.

Für den Inhalt und die Korrektur zeichnet der Autor verantwortlich.

Gedruckt in der Europäischen Union auf umweltfreundlichem, chlor- und säurefrei gebleichtem Papier.

www.vindobonaverlag.com

Herta Schaffer

liebe tod mehr nicht

ich studiere

nicht philosophie theologie juristerei

ich studiere dich

ich lerne dich auswendig

ich erkunde was deine gesten bedeuten

das leichte runzeln der stirn

die flüchtige bewegung der hand

die stellung der mundwinkel

der schritt zurück

der schritt nach vor

ich deute den tonfall deiner stimme

den leisen warmen

den ironisch kalten

den wütend scharfen

den heiter vertrauten

den sachlich fremden

du bist ein so schwieriges studienobjekt

ich bin so müde

müde vom kampf

vom kampf mit dir

mit dir um unsere liebe

meine seele hat muskelkater

jede faser schmerzt

ich kann nicht mehr kämpfen

lass mich liegen

liegen auf dem kampfplatz

dem kampfplatz der gefühle

der gefühle unserer chaotischen herzen

ich dachte die liebe wäre weich

ein ort zum ausruhen

ein ort zum zuhausesein

doch sie ist eine arena

eine arena des krieges

des krieges um vorherrschaft

vorherrschaft und behauptung

ich hebe die weiße fahne

heraklith der dunkle

hat gesagt

tag und nacht sind eins

und krieg und frieden

schwarz und weiß

ich sage

liebe und tod sind eins

denn liebe im rausch des entzückens

macht leben

denn tod in der nüchternheit der vernichtung

nimmt leben

und während die liebe weint

lächelt der tod

freud der nüchterne

hat gesagt

wir sind eros und tanatos

liebe und tod

ich sage

wir sind sehnsucht nach erlösung

eros gewährt erlösung durch lust

verzückung

den kleinen tod

tanatos gewährt das erlösende ende

auslöschung

den großen tod

so also ist liebe

der noch nicht gelungene versuch

der großen erlösung

und während die liebe weint

lächelt der tod

mein kopf ist voller gedichte

wenn morgens die sonne ihre glitzersteine in den fluss wirft

fällt eines auf mein weißes blatt papier

wenn abends der himmel in röte ertrinkt

fällt eines auf mein weißes blatt papier

wenn im herbst der wald flammende farben malt

fällt eines auf mein weißes blatt papier

wenn du meinen kleinen finger berührst

und meine haut vor begehren brennt

dränge ich mein schönstes gedicht in mein vergessen

du magst keine gedichte

ich bin ganz begierde

die haut an meinen fußsohlen begehrt

über deine waden zu streichen

meine schenkel begehren

deine beine zu umschlingen

mein bauch begehrt

die last deines körpers

meine brüste begehren

deine hart erfassenden hände

mein mund begehrt deine feuchte schnelle zunge

die tiefe meines frauseins begehrt

die pracht deines mannseins

komm her

komm her zu mir

komm her zu mir in meine weichen arme

hat die welt deiner seele eine wunde geschlagen

haben stürme draußen sie zerzaust

hat kälte sie geschrumpft

komm her zu mir

und leg deine seele in meine weichen hände

ich will die wunde lecken

ich will die zerzauste glätten

ich will die geschrumpfte wärmen

dass deine seele wieder weit werden kann

und schön

und voll anmut

wie ich sie liebe

nachtschwarzer fluss

darüber nachtschwarzer himmel

sie begehren einander

im schmalen lichtstreif dazwischen du

du stemmst dich gegen den nachtschwarzen himmel

du stemmst dich gegen den nachtschwarzen fluss

du wirst der gewalt ihres begehrens nicht standhalten

wenn sich die nachtschwarzen vereinen

wird ein kind geboren: nachtschwarzer tod

jetzt schweift deine seele durch ferne gärten

herbstgärten

mildes licht

früchte und die blüten der totenblumen

sie schwebt dahin mit erstaunen

dass nichts sie bewegt

dass es nichts gibt sich zu erinnern

dass nie etwas anderes war

und nie etwas anderes sein wird

und doch

eine ganz leise sehnsucht

nach einer stimme

weiß nicht von wem

nach einer hand

weiß nicht welche

nach einer wilden seligkeit

schon wieder vergessen

ich weiß nicht

wo du jetzt bist

oder überhaupt bist

aber manchmal

wenn ich nachts erwache

erschrecke ich: du liegst nicht neben mir

aber manchmal

wenn freude mich erfasst

erschrecke ich: ich kann es dir nicht sagen

aber manchmal

wenn ich weinen muss

erschrecke ich: du kannst mich nicht trösten

aber manchmal

wenn ich die welt nicht verstehe

erschrecke ich: du kannst sie mir nicht erklären

deshalb hat erwachen

und sich freuen

und weinen

und die welt

keinen sinn für mich

plötzlich nachts erwache ich

ich spüre

der harte knoten meines schmerzes

in meiner brust

ist weich geworden

flüssig

rinnt aus meinen augen

ich staune

über das meer meiner tränen

ich habe nicht gewusst

dass meine liebe so groß ist

ich habe angst

dass mit dem schmerz

auch meine liebe

aus meinen augen fließt

ich bin ein messgerät

ich messe die stärke deiner liebe

meine statistik sagt

sonnenschein: große liebe

regenwetter: mäßige liebe

nebelschleier: keine messbare liebe

schneefall: ansteigende liebe

sollte liebe eine wettererscheinung sein?

ich stehe am fenster

ich warte auf dich

du kommst um die ecke

dein schritt

die art wie du fuß vor fuß setzt

erschüttert mich

da geht mein mann

ich öffne dir die tür

du trittst herein

deine gestalt

die art wie du vor mir stehst

erschüttert mich

hier steht mein mann

ich umarme dich

du berührst mich

dein sein

die art wie dein leben in mich einströmt

erschüttert mich

du bist mein mann

am hohen nachmittag erwachen wir

auf einem hotelbett

irgendwo im süden

wir haben wein getrunken mittags

schweren rotwein

der schmeckte nach erde und sonne

du liegst nackt auf dem bett

es ist heiß

dein körper wohlige hingabe

deine haut glatte seide

du wendest mir den kopf zu

deine augen lachen

ich sehe du bist eins

mit deinem körper

mit deinem dasein

mit himmel und erde

ich atme das glück ein

das aus dir strömt

ich möchte weinen vor freude

immer schon diese abgründige leere in meiner brust

du hättest sie mit deiner liebe füllen müssen

mutter

immer schon das fehlen des spiegels

in dem ich mich als schön hätte erkennen können

du hättest dieser spiegel sein müssen

mutter

immer schon diese schmerzende sehnsucht

immer schon diese wilde verzweiflung

immer schon diese unbändige wut

dies alles hättest du heilen müssen

mutter

wir sitzen im abendrot

du und ich

kühl die abendluft

heiß mein geschlecht

ich möchte dich verführen

ich streichle dich mit meinen blicken

ich dringe mit meiner sehnsucht unter deine haut

ich warte auf den moment

da deine augen dunkel werden

deine hände unruhig

deine stimme rau

dann will ich mit dir ins all fliegen

wir werden uns unter die sterne mischen

wir werden auf dem mond liegen

wie werden dem sphärengesang lauschen

du und ich

du bist schön

deine augen: sie erkennen mich

deine hände: sie schenken mir zärtlichkeit

deine arme: sie umfassen mich

deine schultern: sie sind mein kissen

deine füße: sie tragen dich zu mir

dein mund: er gibt mir seine feuchtigkeit

dein geschlecht: es erlöst mich durch lust

so schön bist du

wie schön meine liebe geworden ist

mit der zeit

mit den monaten

mit den jahren

der blutrote stein meiner begierde

der eiskalt in meinem bauch lag

ist zu einer sonnengelben wolke geworden

ist hoch gestiegen

hat sich um mein herz gelegt

mir kann nichts mehr geschehen

mein telefon schweigt

ich lausche dem schweigen

ich versuche das schweigen zu deuten

es könnte sagen

du hast mich vergessen

oder du bist auf die insel gereist

oder du bist ins universum geflogen

oder du bist auf dem weg zum großen zauberer

oder schwermut hat dich erfasst

oder du lebst nicht mehr

oder ich habe dich nur geträumt

wie vielsagend das schweigen ist

wie weh es tut

jeden tag kommst du näher

tod

schwarzes loch der auslöschung

in das ich fallen werde

das meinen schmerz vernichten wird

mein flirrendes glück

meine dunklen gedanken

meine hellen gedanken

meine brennenden gefühle

meine leichten gefühle

zuletzt meine liebe

und während du weinst liebe

lächelt der tod

ich möchte wie du sein

leichten schritts über die lebenswiese gehen

mit einem lächeln die menschenblumen pflücken

genussvoll ihren duft riechen

mich an ihren kostbarkeiten erfreuen

von lust gestillt weitergehen

neue blumen entdecken zu neuer freude

doch mir gerinnt jede liebe zu einem schmerz

nistet sich ein in meiner brust

bleibt liegen als unauflöslicher stein

so viele steine

machen meinen schritt schwer

machen mein herz hart

machen meine seele unheilbar

ich habe viele ideen probiert

um eine zu finden

für die es lohnt zu leben

gott: er hat sich ins all zurückgezogen

weisheit: sie hat sich als eitel erwiesen

gerechtigkeit: sie ist unmöglich

gleichheit: sie ist nicht vorgesehen

reichtum: er ist banal

lust: sie wird schnell schal

es bleibt mir nur liebe

aber sie tut weh

die welt ist ein paradies seit ich dich kenne

süße wasser durchströmen sie

goldene früchte hängen an den bäumen

wolkenschlösser wachsen in den himmel

wiesen aus samt bedecken die erde

wälder kühle dome wölben sich über uns

lust erfüllt flirrend die luft

liebe webt seidene fäden

zwischen dir und mir

lass mich abschied nehmen

lass es mich in deinen armen tun

halt mich während ich dir danke

für deine worte für deine blicke

für deine zärtlichkeiten

für die gipfelreisen mit dir

halt mich während ich weine

über dein schweigen über dein wegsehen

über deine grausamkeiten

über die stürze in die abgründe der traurigkeit

halt mich während ich dir sage

du bist eingebrannt in mein leben

ich habe dich zu meinem retter auserkoren

wovor du mich retten sollst

vor der glanzlosigkeit der welt

vor der öde der zeit

vor der mühsal des lebens

vor den endlosen wiederholungen des gleichen

vor der sinnlosigkeit des daseins

armer hilfloser retter

was tue ich dir an

wie sollst du mich retten

ich könnte es nur selber tun

aber das wäre zu banal

so muss ich unglücklich bleiben

die klugen sagen

es ist eine krankheit

ein milder wahn

eine überschwemmung mit hormonen

dieses entzücken

diese brennende sehnsucht

diese grenzenlose hingabe

diese lächelnde blindheit

dieses schweben im paradies

lass es eine krankheit sein

aber liebe mich

liebster

wir wollen das leben singen

kennst du die lieder

herrliche wilde lieder

schreckliche sanfte lieder

die ich du wir lieder

die lieder vom aufgang

die lieder vom ende

die alleslieder

wir singen das lied vom morgen

vom beginn voll verheißung

frische liegt auf dem land

die sonne wirft goldene tropfen

alles drängt ins leben

der junge tag ein versprechen

gelingender taten

berauschenden glücks

doch schon liegen tränen

auf dem kaum erwachten gras

wir singen das lied vom ersten tag

vom ersten blick in die augen des anderen

die sind offen zur seele hin

ich sehe deine freude deinen schmerz

ich sehe deine güte deine härte

ich sehe deine wünsche deine angst

ich sehe den mann

ich werde nie mehr die von früher sein

wir singen das lied vom rausch
wir stürzen ineinander
zwischen deiner und meiner haut
nur diese süße
gier nach einssein
wir heben die grenzen auf
zwischen uns
zwischen tod und leben
ich spüre deine lust als die meine
wir sind ein körper
weiblich und männlich zugleich
dann sind wir gar nichts mehr
nur leben

wir singen das lied von der fremdheit

die hat sich zwischen uns geschlichen

ein böses klebriges tier

wir wollen es vertreiben

doch es verharrt bockig und steif

fremdheit haftet an dir

fremdheit haftet an mir

uns verbindet nur der schmerz

über die verlorene vertrautheit

die sehnsucht nach ihr

wir singen das lied vom ende

das große erstaunen

war das einmal wirklichkeit

die flammende sehnsucht

das drängende begehren

die entzückte hingabe

das sichergeben ins leben

wir haben diese bilder im kopf

wie die bilder eines films

sie sind nicht mehr wirklich

doch wir wissen

einmal war es wirklich

wir werden einander immer lieben

oh ihr verschonten

ihr mit den glatten stirnen

den arglosen augen

dem hellen lachen

wie ich euch liebe

die ihr nichts wisst

von durchschrienen nächten

von der finsteren versuchung

von dem sturz ins nichts

einen tag nur sein wie ihr

mit euch über blühende lebenswiesen gehen

mit euch heitere lebenslieder singen

ihr leuchtenden geschöpfe

oh ihr verschonten

ihr mit den glatten gesichtern

den unwissenden augen

dem naiven lächeln

wie ich euch verachte

wenn ihr auf den vorderen logensitzen

gerührt das verderben auf der bühne genießt

freundlich dem bettler eine münze reicht

von euch selbst beglückt strahlt

ich möchte nicht sein wie ihr

ich möchte meinen schmerz nicht missen

die tiefen meiner stürze

die höhen meiner flüge in die katastrophe

ihr ums leben betrogenen geschöpfe

ach die wunde in meiner brust

die brennende blutende stechende

ein tiger hat sie mir gerissen

hat sich auf liebespfoten eingeschlichen

auf samtenen schmeichelnden

nahe meinem herzen die krallen ausgefahren

es geschunden zerrissen zerfleischt

ich suche einen balsam

der die wunde heilt

doch alles was ich versuche

reißt sie weiter auf

stillt nicht die blutung

heilt nicht den schmerz

ich bin für immer wund

am morgen der blick in den spiegel

ich erwarte mein schmerzensgesicht

geliebt gehasstes vertrautes gesicht

doch etwas ist geschehen in der nacht

als ich schlief und träumte

die furchen des leids sind verschwunden

und der schleier vor meinen augen

gelassen ruhig glatt

blickt mir mein gesicht entgegen

bin ich geheilt?

aber mag ich dieses neue gesicht?

werde ich mich daran gewöhnen?

wer soll ich jetzt werden?

du hast mich getäuscht betrogen verwundet

ich habe mir die liebe zu dir aus dem herzen gerissen

ich habe die klebrigen reste ausgeschabt

tag für tage stunde für stunde

jetzt ist es gelungen

mein herz liegt frei und kühl in meiner brust

hat sich die mühe gelohnt

habe ich vielleicht auch ein glück ausgeschabt

das mit dem schmerz untrennbar verbunden war

als du gestorben bist

und mich um dein leben betrogen hast

da hoffte ich dein erbe anzutreten

da hoffte ich du hättest mir deine schätze hinterlassen

dein liebevolles herz das kostbare

deine wunderbare wärme die tröstende

deine große menschenliebe die seltene

nichts davon hast du mir hinterlassen

alles mit genommen in ein anderes leben?

brauchst du das alles dort?

wie sehr würde ich es brauchen

oft habe ich es geträumt

dass du es mir sagst

dass du mir das große geständnis machst

in meinen armen an meinem herzen

ich habe die freude geahnt

die ich gefühlt hätte

ich wäre am ziel gewesen

alles gut

jetzt hast du es getan

und ich muss weinen

nein tu es nicht

liebe mich nicht

vielleicht ist es nicht wahr

vielleicht liebe ich dich nicht

vielleicht wird es in trauer enden

doch es gibt kein zurück

im garten meiner erinnerung

hängt blutrot am sehnsuchtsbaum

meine begierde

begehren nach deinem kuss

begehren nach deinen händen

begehren nach deinem eigentlichen:

der scheuheit der annäherung

der leidenschaft der berührung

der angst vor zurückweisung

der verletzlichkeit deines innersten

im garten meiner erinnerung

hängt sonnengelb am liebesbaum

mein entzücken an dir

die erregung beim warten auf dich

die wärme bei deinem anblick

die freude an deinem lächeln

die seligkeit in deinen armen

im garten meiner erinnerung

wächst samtgrün die wiese der lust

bett für unsere zärtlichkeiten

teppich für deinen schritt

wiege für meine träume von dir

startplatz für unsere flüge in die ewigkeit

im garten meiner erinnerung

fließt der quellklare bach meines lebens

darin schwimmen die heiteren blüten der liebe

darin versinken die scharfen steine des schmerzes

darin tanzen die leichten blätter der freude

darin schweben die luftigen blasen der gedanken

er lässt liegen die mühsal des alltags

er lässt liegen die plagen des überlebens

im garten meiner erinerung ist das leben ein fest

du sagst du lebst in der realität

erzähl mir von dieser heimat:

fließen dort die märchenhaften bäche von wein

wiegen dich dort die wolken

wächst dort die lila-rot-blaue wunderblume

sind dort die wiesen aus samt

trägt dich ein weißes einhorn zum schloss

nein sagst du

hier herrscht das gleißende licht der vernunft

hier gelten die regeln der logik

hier wartet man nicht auf das wunder

man arbeitet man zählt man erntet

schade, so gibt es keinen ort

wo ich mit dir leben könnte

ich - was ist das

eine maschine die funktioniert

die atmet

die sich ernährt

die blut durch die adern pumpt

die denkt

die sieht hört riecht

jedoch nachts

schleicht ein blutrotes raubtier an das ich heran

bespringt es auf samtweichen pfoten

bringt die maschine zum rasen

breitet sich aus in diesem ich

brüllt schreie der begierde

brüllt schreie der lust

ist ganz zuckendes fieberndes fließendes leben

in der finsternis der nacht

drängt sich ein nachtschwarz blutrotes tier in mein zimmer

hockt stumm in der ecke

lusttier lebenstier schreckenstier

von den lefzen tropft geiler speichel

der körper zittert vor gier

ich sehe dich nicht an tier

doch ich rieche deine lebenssäfte

doch ich spüre dein beben

ich banne dich mit meinem willen

dort in die ecke

doch wenn mein wille schwach wird

nur eine sekunde

wirst du auf mich springen mit einem satz

mir das bewusstsein rauben

auslöschen vernichten zu anderem sein

mich verwandeln in einen teil des alllebens

du sagst du bist ein harter mann

gestählt durch das leben

gehärtet durch erfahrungen

du hast keine gefühle

du hast sie ausgemerzt

doch verzeih

mit liebesaugen habe ich in dein herz geschaut

die sind hellsichtig

sie sehen das wahrhaftige

ich habe die wunde kinderseele gesehen

die trauer die du nicht spürst

die angst vor der du flüchtest

die scheue liebe die sich vor ablehnung fürchtet

nein sag mir nichts von dir

ich habe dich gesehen

Ich suche das du an das ich andocken könnte

ich habe es immer schon gesucht

seit ich weiß dass ich ein ich bin

ich wollte an dich andocken mutter

doch du hast diese wand um dich gebaut

an der ich zerschellt bin

immer wieder immer schlimmer verletzt

nie ist dieser schmerz verstummt

nie ist die sehnsucht nach dir gestillt

ich wollte das du in dir finden gott

ich wollte an dich andocken

dein geschöpf sein

von dir geschaffen

von dir geliebt

von dir gehalten

doch du bist stumm geblieben

bist fern geblieben

bist unspürbar geblieben

bis ich wusste

du bist kein du

du bist die illusion eines du

ich habe das du in dir gesucht geliebter

ich wollte an dich andocken

ich wollte mit dir verschmelzen

endlich ein wir sein

endlich die last des ich abwerfen

doch wir blieben getrennt

zwei ich nebeneinander

du wolltest nicht mein hafen sein

du hast deine geheimnisse gehütet

du wolltest meine geheimnisse

nicht zu unseren machen

wie groß ist dieser schmerz des getrenntseins

ich habe das du in der natur gesucht

schwester natur lass mich andocken

lass mich sein ein teil von dir

hebe das getrenntsein auf

nimm mein einsames ich auf

in dich in das ganze

doch da ist mein denken

da ist das wissen um mich

da ist mein gegenüberstehen

das ich nicht ändern kann

außer in den wenigen augenblicken der lust

ich habe das du in der kunst gesucht
dort wollte ich andocken
an die ewigen wahrheiten des menschseins
die in ihr eine heimat haben
auch meine wahrheiten
etwas das ich verstehen kann
etwas das mich versteht
meine angst weiß und meine wünsche
doch die kunst ist ein totes gegenüber
steht als ein block aus granit
lässt sich nur bestaunen
kann kein du sei für mein ich